獅子、大象和小老鼠‧陪你一起長大系列

無俗意！

陶樂蒂　著

象生做賬閣大欉，猶毋過伊無愛一个人，
做啥物代誌攏愛有人陪。

大象長得又高又大，
但他不喜歡一個人，
做什麼事都要有人陪。

好佳哉伊有一个上好的朋友──鳥鼠仔，
個總是做伙鬥陣。

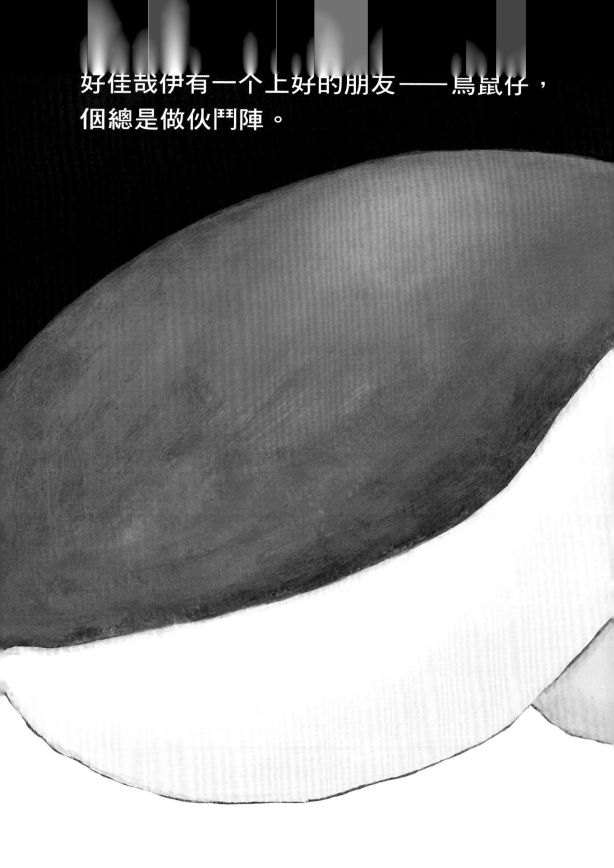

還好他有一個最好的朋友——小老鼠，
他們總是在一起。

象會予鳥鼠仔徛懸懸，
按呢鳥鼠仔就會當看著閣較遠的風景。

大象會讓小老鼠站高高，
這樣小老鼠就看得到更遠的風景。

彼一工，個做伙食點心，
鳥鼠仔共麭分予獅仔，
獅仔佮鳥鼠仔嘛變做好朋友矣。

那天他們一起吃點心，
小老鼠把麵包分給小獅子，
小獅子和小老鼠也成為好朋友了。

個做伙迌迌，
鳥鼠仔看起來真歡喜。

他們一起玩，小老鼠看起來很開心。

象的心頭縛縛，
敢若予一粒大石頭䂮牢咧，
伊足無佮意這款的感覺。

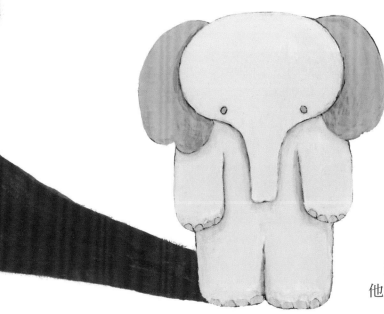

大象覺得他的心
像被一塊大石頭壓住，
他非常不喜歡這種感覺。

獅仔佮鳥鼠仔做伙畫圖的時陣，

象大力捒桌仔，害個畫的巡攏跙去。

一起畫圖的時候，
大象用力壓桌子，
害他們畫的線
都滑出去了。

走相逐的時陣，
象挵獅仔一下，
害獅仔險險仔
踏著鳥鼠仔。

賽跑的時候，
大象撞小獅子一下，
害他差點踩到小老鼠。

食點心的時陣，象假做無細膩，
捙倒獅仔的可可亞牛奶，
鳥鼠仔又閣分半罐予獅仔。

吃點心的時候，大象假裝不小心，打翻了小獅子
的可可牛奶，小老鼠又分了半瓶給小獅子。

象心內咧受氣。

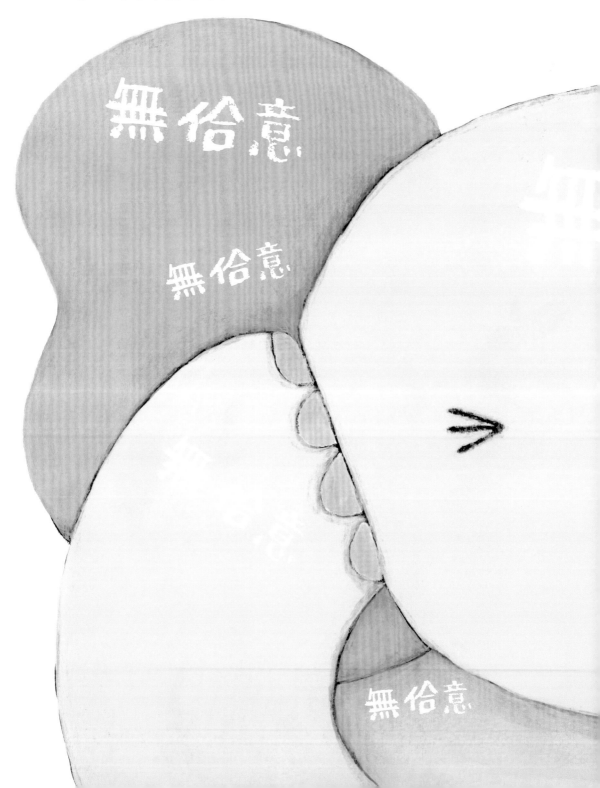

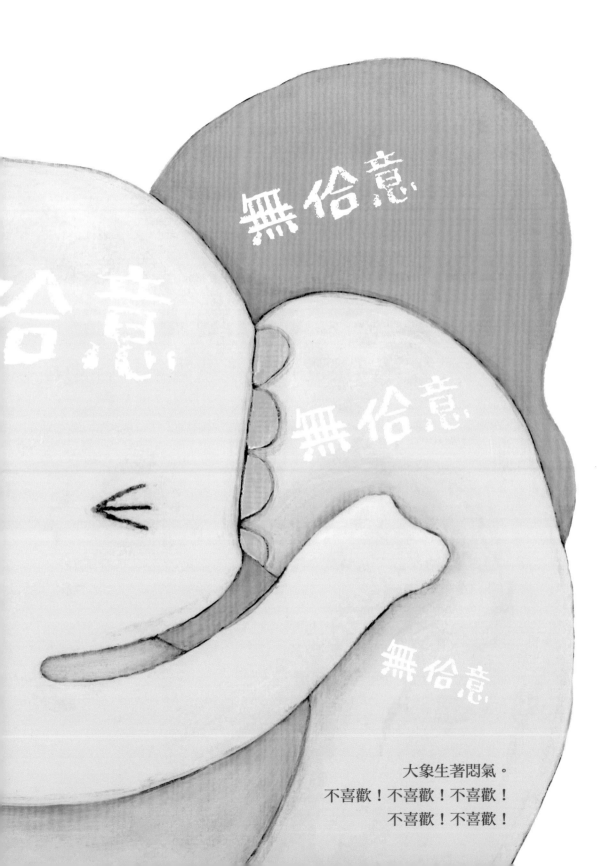

大象生著悶氣。
不喜歡！不喜歡！不喜歡！
不喜歡！不喜歡！

放學的時陣，因為受氣，
象無想欲佮鳥鼠仔講話，
伊家己直直行，直直行，才毋管鳥鼠仔綴袂著

放學的時候，因為生氣，大象不想跟小老鼠說話。
他自己一直走、一直走，不管小老鼠跟不上。

象顧呎受氣，
煞無看著路裡彼塊弓蕉皮。

咻——

伊滑一倒，摔甲歪膏揤斜。

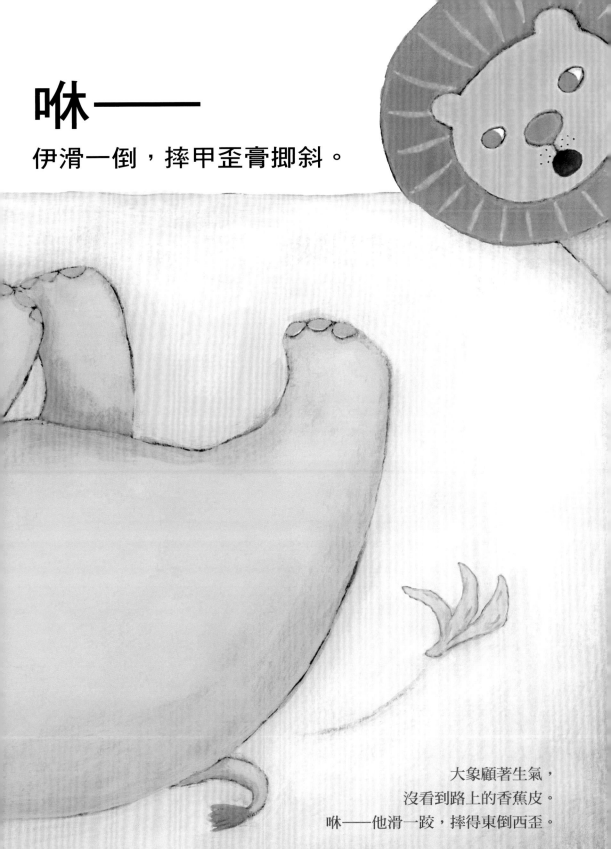

大象顧著生氣，
沒看到路上的香蕉皮。
咻——他滑一跤，摔得東倒西歪。

象氣怫怫大聲哭，手後蹬嘛撨著傷。

獅仔行倚來，提一塊 OK 繃共貼，
想袂到共伊鬥相共的竟然是獅仔。

他氣得大哭，手肘也擦傷了。
小獅子過來，拿出 OK 繃幫大象貼上，
想不到幫助他的竟然是小獅子。

鳥鼠仔總算行到位。伊佮獅仔做伙共象撫撫欶。
象共目屎拭予焦,一直拊佇心肝內的無佮意
就按呢無去矣。

小老鼠終於走到了。
他和小獅子都幫大象拍拍，安慰他。
大象擦乾眼淚，一直卡在他心裡的不喜歡不見了。

「咱做伙來轉！」

「我們回家吧！」

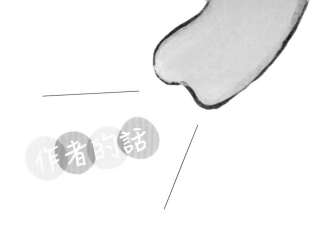

「是按怎我上好的朋友有新的朋友，明明是一層好代誌，我的心煞敢若予刺鑿著全款，感覺足艱苦？」這款的心情，你敢捌拄著？做囡仔的時陣，像按呢講袂出喙的心情不時定會出現，有當時仔運氣袂穩，我會因為好朋友閣加一寡朋友，毋過不時嘛會因為家己心頭咧拍結毬，煞失去原本的好朋友，心內敢若破一大空。佇咧《無公平！》彼個故事內底，我看著象的心情，所以替伊畫出來，變做《無佮意！》這個故事，希望只要有過這款心情的囡仔抑是大人，攏會當受著理解，得著安慰。

「為什麼我最好的朋友有了新朋友，明明是件好事，我的心卻像被刺刺到，很難受的感覺？」這種心情你遇過嗎？孩提時期，像這樣無法說出口的情緒有時候會發生，運氣好的話，可能會因為好朋友而多了一些朋友，不過有時候也會因為自己內心的糾結，反而失去了原本的好朋友，心裡就像破了一個大洞。在《無公平！》那個故事裡面，我看見大象的心情，所以幫他畫出《無佮意！》這個故事，希望曾經有過這樣心情的小孩或大人，都能夠被理解，得到安慰。

線上朗讀音檔

https://bit.ly/3ViiEXj

作者介紹

陶樂蒂

法律系碩士畢業,對一九九六年開始畫圖、寫故事、做繪本。愛用佮臺灣水果共款熱情繽紛的色緻,畫出來的圖冊色水飽滇,故事溫柔。頭一本繪本作品《好癢!好癢!》得著第九屆陳國政兒童文學獎繪本類首獎,《陶樂蒂的開學日》嘛得著第十四屆信誼幼兒文學獎佳作。

平常時仔愛煮食,嘛愛看冊、種花,佮聽 Rock,已經出版的冊有:《無公平!》、《大野狼的餐桌》、《起床囉》、《睡覺囉》、《小鷹與老鷹》、《陶樂蒂的開學日》、《給我咬一口》、《給你咬一口》、《我要勇敢》、《我沒有哭》、《好癢!好癢!》、《好吃!好吃!》、《花狗》、《媽媽,打勾勾》、《誕生樹》。

這是我頭一擺用臺語來創作繪本。

小麥田繪本館
無恰意！
獅子、大象和小老鼠・陪你一起長大系列

作 繪 者	陶樂蒂
審 定	鄭順聰
封 面 設 計	陳香君
美 術 編 排	陳香君
主 編	汪郁潔
責 任 編 輯	蔡依帆

國 際 版 權	吳玲緯 楊靜
行 銷	闕志勳 吳宇軒 余一霞
業 務	李再星 李振東 陳美燕
總 編 輯	巫維珍
編 輯 總 監	劉麗真
事業群總經理	謝至平
發 行 人	何飛鵬
出 版	小麥田出版
	115 台北市南港區昆陽街 16 號 4 樓
	電話：(02)2500-0888
	傳真：(02)2500-1951
發 行	英屬蓋曼群島商家庭傳媒股份有限公司城邦分公司
	115 台北市南港區昆陽街 16 號 8 樓
	網址：http://www.cite.com.tw
	客服專線：(02)2500-7718 ｜ 2500-7719
	24 小時傳真專線：(02)2500-1990 ｜ 2500-1991
	服務時間：週一至週五 09:30-12:00 ｜ 13:30-17:00
	劃撥帳號：19863813　　戶名：書虫股份有限公司
	讀者服務信箱：service@readingclub.com.tw
香港發行所	城邦 (香港) 出版集團有限公司
	香港九龍土瓜灣土瓜灣道 86 號順聯工業大廈 6 樓 A 室
	電話：(852)25086231
	傳真：(852)25789337
	E-MAIL：hkcite@biznetvigator.com
馬新發行所	城邦 (馬新) 出版集團 Cite (M) Sdn Bhd.
	41, Jalan Radin Anum,
	Bandar Baru Sri Petaling,
	57000 Kuala Lumpur, Malaysia.
	電話：(603) 9056 3833
	傳真：(603) 9057 6622
	讀者服務信箱：services@cite.my
麥田部落格	http:// ryefield.pixnet.net
印 刷	漾格科技股份有限公司
初 版	2024 年 5 月
售 價	340 元

ISBN 978-626-7281-77-2
EISBN 9786267281765 (EPUB)
版權所有・翻印必究
本書若有缺頁、破損、裝訂錯誤，請寄回更換。

國家圖書館出版品預行編目資料

無恰意 / 陶樂蒂著 . -- 初版 . -- 臺北市：
小麥田出版：英屬蓋曼群島商家庭傳媒
股份有限公司城邦分公司發行 , 2024.05
面；　公分 . -- (小麥田繪本館)
ISBN 978-626-7281-77-2(精裝)
1.SHTB: 友情 --3-6 歲幼兒讀物

863.599　　　　　　　　113002079

城邦讀書花園
www.cite.com.tw
書店網址：www.cite.com.tw